ESSAIS

DE POÉSIE,

PAR

ADÈLE DES ÉTARDS,

MORTE A SEIZE ANS.

1845

A ma Mère.

LE PETIT CHIEN.

Fable.

Une chienne de basse-cour
A son enfant disait un jour :
« Prends garde, mon fils, ton ardeur
» Sera cause de ton malheur ;
» Modère-toi, je t'en supplie,
» C'est ta mère qni t'en prie ;
» Ne mords point les gens sans raison ;
» Songe que d'un coup de bâton
» Un homme te fendrait la tête. »
Mais vainement la pauvre bête
Faisait de grands sermons ; le chien,
Ignorant qu'on voulait son bien,
Répondit à sa mère : « Ah ! vous êtes bien bonne ;
Mais vous me semblez fort poltronne,
Un chien de garde doit garder. »
A ces mots l'étourdi tâche de s'éloigner ;
Sa mère le retient ; écoute, ingrat enfant,
Voici mon dernier mot : « Tu me dis que j'ai peur
Et toi seul causes mon tourment.
Ce que je te dis là est dicté par mon cœur ;

Il te manque l'expérience
Pour distinguer les méchans,
Aie donc un peu plus de prudence;
Ne mords jamais un pauvre, encor moins les enfans.
Dis, me le promets-tu?» Pour se débarrasser
De ce qu'il appelait un ennuyeux sermon,
L'étourdi promet de changer.
La chienne s'éloigna pour garder la maison;
Soudain à son oreille arrive un cri perçant;
La mère a reconnu la voix de son enfant.
Arriver, est pour elle affaire d'un moment;
Mais il n'était plus temps, car il était mourant.
Sa mère avait bien dit qu'un jour on le tuerait;
Étant mordu par lui, un pauvre qui passait
Avait fait ce coup-là
Et sa mère pleura.
De cela que puis-je tirer?
D'abord, c'est qu'il faut écouter
Les leçons de l'expérience
Et puis avoir de la prudence.

Adèle à 10 ans.

LE CHAT ET LE PERROQUET.

Fable.

Un gros chat, un beau perroquet
Depuis longtemps vivaient ensemble.
Celle qui les possédait
N'était pas jeune, ce me semble;
Elle m'a dit en confidence
Avoir quatre-vingts ans au moins.
A cet âge l'on a beaucoup d'expérience.
Ses animaux chéris obtenaient tous ses soins.
Pour elle tout était fête,
Quand sur ses genoux elle avait
Son doux Raton et sur sa tête
Son bavard et beau perroquet.
Mais un jour, ô douleur ! Jacot est trouvé mort ;
Jacot le perroquet chéri de sa maîtresse,
Jacot ce bel oiseau, si joyeux et si fort,
Jacot n'existe plus, on l'a trouvé par terre
Tout étendu, baigné dans les flots de son sang,
Victime d'une longue, épouvantable guerre
Avec Raton le chat qui lui perça le flanc.

Sa maîtresse, voulant conserver son image,
Va le faire empailler ; le chat, pendant ce temps,
S'enfuit de la maison où, quand il était sage,
Il était si choyé, si caressé pourtant.

    Il perdit par cette imprudence
    L'amitié, son plus grand bonheur,
Alla traîner son sort dans l'indigence
    Et, dans le fort de son malheur,
    Pleura sa mauvaise action.

    Il avait bien raison.
    Hélas ! souvent, en un moment,
    Par sa faute on perd son bonheur ;
    On regrette alors vainement
    D'être cause de sa douleur.

À 10 ans.

COMPLIMENT

RÉPÉTÉ PAR PAUL A MAMAN POUR SA FÊTE.

———

C'est aujourd'hui pour moi le beau jour de l'année,
Ce jour que j'attendais avec tant de bonheur,
C'est ta fête aujourd'hui, ma mère tant aimée,
    C'est tout dire à mon cœur.

Oh ! que je suis heureux de posséder ma mère !
Et qu'il est malheureux celui qui ne l'a plus !
S'il savait ce que c'est que d'embrasser sa mère,
    Il pleurerait bien plus.

Embrasse donc ton fils, ô ma mère chérie !
    Il te donne une fleur,
Laisse-le te parer, pour que tu sois fleurie
    Par ce faible don de son cœur.

A 10 ans et demi.

LE LIÈVRE VOYAGEUR.

Fable.

Un pauvre petit lièvre, innocent orphelin,
Coulait bien tristement sa pénible existence
Dans sa pauvre tannière; et l'ennui, le chagrin,
Seuls témoins de sa vie, augmentaient sa souffrance.
Mais il avait encor bien des maux à souffrir;
Une nuit qu'il dormait, s'écroule sa tannière;
Le pauvre malheureux ne sait que devenir;
Alors il fuit, plongé dans sa douleur amère,
De son bois solitaire, et court jusqu'au matin.
Il se trouve, ô bonheur! sur une herbe bien tendre
Qu'il ne connaissait pas, il mange du bon thym,
Du cresson parfumé, puis cesse, pour entendre
Le bruit d'un clair ruisseau coulant sur le gazon.
Ah! qu'il se trouve heureux dans sa fraîche campagne!
Pour lui tout est plaisir, joie, admiration.
Il franchit un ruisseau, gravit une montagne,
Arpente les guérets et devient voyageur;
Lorsqu'il peut découvrir un joli paysage,
Une superbe vue, il est dans le bonheur.
Aussi pendant longtemps notre lièvre voyage.
Mais hélas! l'été chaud passe après le printemps,
Et puis l'hiver arrive et ses neiges glacées;
C'était bon de courir dans les jours de beau temps;
Mais les belles saisons maintenant sont passées.

Que faire? Où se nourrir? Le pauvre voyageur
Ne pouvait plus manger, ni sommeiller, ni boire;
Il se désespérait et pleurait son malheur.
Un jour il parcourait une forêt bien noire;
Il rencontre un lapin qui chez lui le conduit
  Et l'installe dans sa tannière
   Pour y passer la nuit;
Lui montre ses enfans et sa femme leur mère.
Le lièvre passe ainsi la mauvaise saison.
Mais l'ingrat! un matin de printemps, il les quitte;
Car le beau temps lui fait détester la maison.
  Cependant il n'était pas quitte
  Envers son hôte bienfaisant.
Il part sans y songer. Dans ce nouveau voyage,
Il trouve tout joli, admirable, charmant;
Des oiseaux il entend le merveilleux ramage;
  Tout va bien pendant quelques jours.
Mais, au bout de ce temps, notre lièvre commence
A sentir un ennui de vivre seul toujours:
Pendant quelques instans il hésite, il balance;
Enfin il se décide, et revient à grands pas,
Chez ses hôtes lapins, les embrasse et s'écrie :
Mes amis, je reviens me jeter dans vos bras;
Ne m'en repoussez pas, ah ! je vous en supplie;
Pardonnez-moi d'avoir quitté votre logis.
Je veux à vous aimer passer mon existence;
Je vois que le pays où l'on a des amis
Est celui que l'on doit choisir de préférence.

     A 12 ans.

COMPLIMENT

RÉCITÉ PAR PAUL A LA FÊTE DE SA MÈRE.

Bien des gens parlent d'une guerre
Entre la France et l'Angleterre,
Craignant la révolution,
Pensent à l'émigration.
Moi je ne me tourmente guère,
Je me moque de leur frayeur ;
Car je suis auprès de ma mère,
Et c'est assez pour mon bonheur.

On dit que je suis étourdi,
Paresseux, léger, ignorant ;
Même parfois je suis puni
Et bien grondé le plus souvent ;
Mais je ne me chagrine guère,
Je ris bientôt de ma douleur ;
Car je suis auprès de ma mère,
Et c'est assez pour mon bonheur.

A 12 ans et demi.

LE ROSIER ET LE FRAISIER.

Fable.

Un rosier tout couvert de fleurs et de boutons,
Voyant avec orgueil ses nombreux rejetons,
Croissait sous un berceau formé d'un beau feuillage.
Sur ses roses parfois le papillon volage,
Bercé par le zéphir, s'agitait doucement,
Prenait sa nourriture et s'envolait gaîment.
Près du bel arbrisseau, sous un taillis de hêtres,
Un fraisier dérobait, parmi des fleurs champêtres,
Sa feuille et ses doux fruits. Le rosier, le voyant,
Redresse ses rameaux, et lui dit doucement :
« Que je te plains ! frêle et chétive plante ;
» Ta simple fleur, sur sa tige tremblante,
» Se courbe et va se cacher pour toujours.
» Depuis longtemps je te vois, tous les jours,
» Et malheureux, ta fleur, à peine épanouie,
» Si le soleil paraît, est bientôt défleurie ;
» Nul ne prend garde à toi, vivant si retiré,
» Et moi je suis partout éclatant admiré ;
» Ma douce fleur embaume, elle sert de parure,
» La belle jeune fille en orne sa coiffure ;
» Et dans un jour de bal attache à son côté
» Un gracieux bouquet à ma tige emprunté.
» Chaque mois, chaque jour, naissent des fleurs nouvelles,
» Et toujours elles sont plus fraîches et plus belles.

2

» Oh ! je suis bien heureux et te plains de bon cœur,

» Toi, pauvre plante obscure, ignorant le bonheur. »

A ces mots le rosier fertile

Regarde le fraisier qu'il dit être inutile.

Sur le gazon assise, une femme pleurait,

Et couvrait de baisers son enfant qui criait.

Le soleil était chaud, elle était bien à plaindre,

Son fils avait très soif, la mère pouvait craindre

Que cette soif brûlante et la chaleur du jour

Ne rendissent souffrant l'objet de son amour.

Elle voit le fraisier ; vite l'heureuse mère

Montre à l'enfant la plante salutaire,

Elle cueille des fruits, les donne à son enfant,

Et sa soif apaisée, elle part en chantant.

Alors joyeux et fier, notre fraisier s'écrie :

« Magnifique rosier, tu le vois, quoi qu'on die,

» Tout est bien ici-bas, Dieu n'a rien fait en vain ;

» Moi, je calme la soif et j'apaise la faim ;

» Ma fleur est, il est vrai, très simple et très modeste ;

» Mais, lorsqu'elle tombe, il en reste

» Un fruit que le soleil a bientôt fait mûrir ;

» Ta fleur est éclatante, elle peut se flétrir ;

» Et que lui reste-t-il, quand le temps l'a fanée ?

» Une graine inutile et par tous dédaignée.

» Tu me trouvais à plaindre, et je me trouve heureux.

» Ton rôle aussi comble tes vœux.

» Le mien me semble préférable,

» L'un est utile et l'autre est agréable. »

A 19 ans et demi.

LES DEUX COUSINS.

Fable.

Deux enfans du même âge ensemble s'élevaient
Dans la même maison ; leurs pères étaient frères ;
Aussi l'on doit penser si nos enfáns s'aimaient !
Les deux pauvres petits avaient perdu leurs mères,
Sans que de les aimer ils eussent eu le temps.
Leurs pères désolés, dans ces cruels instans,
Sentirent s'augmenter l'amitié fraternelle ;
Que ne peut sur les cœurs la douleur mutuelle !
Jusqu'alors ils étaient frères et voilà tout,
Ils deviennent amis, et désirent surtout
    Vivre toujours ensemble.
L'un est maître d'école, et chez lui se rassemble
Tout le peuple d'enfáns dont il doit prendre soin ;
L'autre est maître charron, il demeurait très loin,
Mais il a délogé ; maintenant les deux frères
Sont très près l'un de l'autre, et comme ils sont bons pères,
Leurs fils sont très heureux. L'un s'appelle Simon,
Et l'autre a nom Thomas, c'est le fils du charron.
Pendant un certain temps, leur paisible existence
S'écoula doucement à l'abri du malheur.
Mais, hélas ! tout finit ! bientôt tourne la chance.
Pauvres enfans ! leurs cœurs vont sentir la douleur,

Qui ne s'est arrêtée, un jour, devant leur porte,
Que pour entrer chez eux et plus vive et plus forte.
Le charron tombe, un jour, malade gravement ;
Les soins qu'on lui prodigue avec empressement
Ne peuvent le sauver, et bientôt il succombe,
Et le chagrin conduit son frère dans la tombe.
Hélas ! voilà Thomas et Simon orphelins,
Orphelins à vingt ans ! Certe il est des chagrins
Qui pourraient, à la fin, épuiser le courage
Si le Seigneur puissant ne donnait son secours.
Thomas et son cousin firent, dans le village,
Enterrer ces parens qu'ils pleurèrent toujours.
Mais le temps émoussa leur chagrin, leur tristesse ;
Ils prirent un état, Thomas se fit charron ;
Simon, maître d'école ; il sut avec adresse
Amener les enfans à suivre sa leçon.

      Thomas, lui, ne fut pas si sage ;
      A son travail de charronnage
Il voulut ajouter un commerce de bois ;
Mais il faut pour cela s'absenter quelquefois,
      Et quand notre homme était en route,
      Sa boutique était en déroute.
      Tout alla si mal qu'à la fin
      Il eut recours à son cousin.
Ce bon Simon bientôt a remis son affaire
      A flot, puis, après l'avoir plaint,
Lui dit, en le grondant un peu : souviens-t'en, frère !
      Qui trop embrasse, mal étreint.

A 12 ans et demi.

LA FÊTE MANQUÉE.

Fable.

———————

Un très joli petit garçon,
Aimable autant qu'il était bon,
Rendait bien heureuse sa mère.
De son enfant elle était fière,
Et, pour le récompenser,
Elle tâchait de l'amuser.
Un jour elle lui dit : nous irons à la foire
Qui se donne demain sur les bords de la Loire,
Mon enfant ! car je suis bien contente de toi ;
C'est un si grand plaisir pour moi
De voir que mon Charles s'amuse !
Là, je veux t'acheter une belle arquebuse,
Tu seras bien content, dis, mon fils, n'est-ce pas ?
Et Charles à ces mots se jeta dans ses bras.
Vous êtes toujours bonne, oh ! lui dit-il, ma mère,
Une belle arquebuse, ah ! c'est là mon affaire.
Grand merci ; que je suis content !
Et c'est demain matin, ce n'est pas dans longtemps !
Charles toute la journée
Ne pensa qu'à la matinée

Du lendemain ; la nuit arrive enfin ,
Charles s'endort et le matin
De bonne heure il se réveille
Plus joyeux encor que la veille.
Il se lève ; ô douleur ! il voit qu'il pleut très fort ;
Chez sa mère il court tout d'abord.
Il lui montre le temps et garde le silence ,
L'interroge des yeux , puis attend sa sentence :
Sa bonne mère alors le prend sur ses genoux :
Mon enfant, lui dit-elle , il faut rester chez nous ;
Le temps est trop vilain , ne pleure pas, sois sage ;
Tu verras bien souvent ce que dit un adage :
L'homme propose
Et Dieu dispose.

A 13 ans.

LE LOUP ET SES DEUX GARDIENS.

Fable.

Un loup, déjà bien vieux, voulant par des voyages
    Faire instruire son jeune enfant,
Cherchait, pour le garder, deux conducteurs très sages;
    Le pauvre loup chercha longtemps.
Enfin certain renard rusé, fin, plein d'adresse,
Fit tant, par de grands airs et des paroles d'or,
Que le bon père en lui crut trouver un trésor.
Ensuite il prit un chien connu pour sa sagesse,
Et convint que son fils partirait dès demain.
L'enfant, donc, en pleurant embrasse son vieux père
Et part accompagné du renard et du chien.
Le matois le courtise, et dit : « Je suis sincère;
Si vous pouviez savoir comme je sais aimer!
C'est vous que je chéris le plus dans tout le monde;
Ce n'est pas étonnant, vous pouvez bien charmer,
Vous êtes bon, doux, simple; en vain toujours je sonde
Votre cœur, je ne puis vous trouver un défaut;
Certe en moi vous avez un ami bien fidèle,
    Car je sais aimer, comme il faut,
D'une amitié, mon fils, qui doit être éternelle. »

Ainsi, le malin flatteur

S'insinuait dans l'esprit de son maître,

Vantant son naturel, son esprit et son cœur,

Surtout s'efforçant de paraître

Son véritable ami. Le pauvre loup le crut,

Il oublia le chien, qui, marchant par derrière,

Seul, triste, délaissé, dans sa douleur amère,

Laissait parfois tomber, sans qu'on s'en aperçût,

Des larmes de regret; soupirait en silence

D'être jugé sans cœur. Hélas! le pauvre chien

N'en manquait pas, il cachait sa souffrance;

Pensait beaucoup, ne disait presque rien;

Il savait bien aimer, mais ne savait pas plaire,

Et le renard était tout le contraire.

Un jour pourtant que le renard menteur

Comme toujours faisait le beau parleur,

Un sanglier paraît et vers le loup s'avance;

Le renard fuit, le chien s'élance

Sur l'animal en fureur.

Son noble dévouement lui donne du courage;

Le sanglier expire en rugissant de rage,

Et le chien tombe alors, épuisé mais vainqueur.

Le jeune loup accourt : « Tu m'as sauvé la vie,

» Mon généreux ami, que je te remercie !

» Dit-il; mais pourras-tu m'accorder mon pardon

» De t'avoir délaissé pour aimer un fripon? »

Et le loup de ses pleurs inonde le visage

De l'ami qui pour lui vient de braver la mort;

Mais enfin pour parler le chien fait un effort

Et dit au jeune loup : « Mon enfant, ton jeune âge

». Excuse ton erreur ; ton peu d'expérience
   » T'a fait croire à de vains discours :
» Je te pardonne tout , ton peu de confiance ,
» Ainsi que tes dédains ; mais souviens-toi toujours
» Qu'il ne faut pas juger sur des mots emphatiques ,
» Sur de nombreux sermens , des gestes magnifiques ,
   » Mais bien attendre l'action. »

« O mon père, je puis vous donner ce doux nom ;
» Désormais à vos soins , faible, je me confie.
» Je mets entre vos mains la garde de mes jours ,
   » Et je me souviendrai toujours
   » Que vous m'avez sauvé la vie. »

A 15 ans.

COMPLIMENT

DE PAUL POUR LA FÊTE DE SA MÈRE.

Jadis je me plaignais d'être obligé d'apprendre
L'histoire , le français, le grec et le latin ;
Puis , je me lamentais lorsqu'il fallait attendre
La fin de mon travail pour courir au jardin ;
Maintenant ces ennuis ne me chagrinent guère,
Ne sont-ils pas payés par l'amour d'une mère ?

Que je plains l'orphelin privé dès sa naissance
De celle que le ciel lui donna pour soutien ,
Et qui sans elle, hélas ! passe sa triste enfance !
Le malheureux ! il est privé du plus grand bien ,
Du plus grand des bonheurs existans sur la terre ;
Ah ! vous le devinez : c'est l'amour d'une mère.

Oh ! pardon ! j'oubliais qu'elle te fut ravie
Celle dont l'existence eût comblé ton bonheur !
Hélas ! elle eût été bien tendrement chérie ;
Car, pour l'aimer beaucoup, elle avait plus d'un cœur;
Mais Dieu n'a pas voulu la laisser sur la terre ;
Les anges sont pour lui, Dieu t'enleva ta mère.

Que vois-je? De tes yeux coulent de grosses larmes;
Pardon, maman, pardon de t'avoir fait pleurer;
Ton enfant loin de toi veut chasser les alarmes;
Il t'aimera beaucoup, pour te dédommager
Des peines, des chagrins, qui te vinrent naguère,
Et te consolera d'avoir perdu ta mère.

Souris à ton enfant, ma mère, je t'en prie.
Il veut devenir bon, sage et laborieux;
Sacrifices, efforts pendant toute ma vie,
Rien ne me coûtera : je serai bien heureux,
Si je vois que maman de son enfant est fière,
Je serai bien payé par l'amour de ma mère.

A 15 ans.

CHARADES.

PORTE-FEUILLE.

Tu ne pourrais sans mon premier
Chez toi , ni sortir, ni rentrer.
Quand mon second se sèche et tombe ,
Vers Paris, cours, comme une bombe.
Voyageur ! aie bien soin surtout
De ne pas égarer mon tout.

DÉ-LIRE.

Sans mon premier, lorsque je couds ,
De mon sang je perdrais beaucoup ;
Mon second nous fait bien répandre
Des pleurs, lorsqu'il nous faut l'apprendre ,
Et quand mon tout nous fait jaser,
Tous nos amis il fait pleurer.

OR-AGE.

Mon premier excite l'envie ,
Pour l'avoir on risque sa vie ;
L'enfant voit mon second venir avec bonheur ,
Mais les femmes en ont bien peur.
Mon tout est à craindre en voyage ,
Il a causé plus d'un naufrage.

A 13 ans et demi.

ACROSTICHE

DE MADEMOISELLE L***.

Gabrielle, écoutez : vous êtes bien semblable
A la plante qui plaît et qui cache sa fleur ;
Bonne, douce, sensible, instruite autant qu'aimable,
Rarement vous laissez paraître votre cœur ,
Ignorant vos vertus , vous oubliant sans cesse ,
Et ne pouvant ouïr d'éloge sans rougir ;
L'amitié seulement peut, en usant d'adresse ,
Lire dans votre cœur. Moi, malgré ma jeunesse ,
Enfin je vous connais et je sais vous chérir.

A. 14 ans.

ACROSTICHE

D'UN PETIT CHIEN.

Rat est un petit chien charmant,
Aimant la chasse alors qu'il fait beau temps,
Toujours sur son bon père et toujours tremblotant.

A 14 ans.

LE JARDIN.

Fable.

« Oh ! petite maman, viens donc voir mon jardin,
» Viens, il est si joli ! J'ai de charmantes roses,
» D'aujourd'hui seulement écloses ;
» De très beaux dahlias, des œillets, du jasmin,
» Et des lys qui sont blancs ! Oh ! viens dans mon parterre,
» J'ai bien lu ce matin, je serais si content ! »
Ainsi disait un bel enfant,
En faisant ses efforts pour entraîner sa mère,
Qui d'un œil tendre et doux considérait son fils,
Son fils, objet chéri de douces espérances !
La jeune femme enfin, cédant à ses instances,
Suit l'enfant, qui, tout fier, lui montre ses beaux lys ;
Sa mère lui sourit : « Mon chéri, lui dit-elle,
» Ton jardin est charmant, mais il faut l'arroser ;
» Regarde cette rose, elle est fraîche, elle est belle ;
» Mais sa tige, déjà, commence à se sécher ;
» Le soleil est si chaud, la terre est si brûlante !
» Crois-moi, mon cher enfant, arrose ton jardin ;
» Si tes fleurs périssaient, pour toi, quel grand chagrin !
» C'est l'eau qui vivifie et soulage la plante ;
» Arrose un peu, mon fils, bientôt je reviendrai. »

A ces mots, écartant la blonde chevelure
Qui couvre de l'enfant la charmante figure,
Elle baise le front de ce visage gai,
Et s'éloigne en jetant un doux regard de mère
Sur cet enfant chéri, sa joie et son bonheur.
Notre petit garçon contemple son parterre,
Et se met à l'ouvrage avec beaucoup d'ardeur ;
Il va chercher de l'eau, court, va, revient, arrose,
Si bien qu'en peu de temps tout est noyé sous l'eau.
Enfin, épuisé, las, il césse, il se repose.
« Ah ! bien ! c'est pour le coup qu'il va devenir beau !
» Se dit notre bambin, mes belles roses blanches
        » Et vous, mes charmantes pervenches,
» Vous allez bien fleurir, vous êtes fraîchement ;
» Vous demandiez de l'eau, plaignez-vous maintenant ;
» Je suis bien las, au moins, ouf ! oh ! la bonne idée !
» Je m'en vais m'étaler sur ce joli gazon. »
L'enfant dit, et s'étend sur l'herbette émaillée.
Le soleil s'abaissait déjà sur l'horizon,
Un zéphyr frais et doux soufflait sur le visage
Du petit arroseur ; un paisible sommeil
Vient engourdir ses sens. Ah ! dans cet heureux âge,
Le sommeil est si doux ! le réveil est pareil !
Quand il ouvrit les yeux, l'enfant trouva sa mère,
Qui, debout, près de lui, le regardait dormir ;
Une mère est un ange, on doit bien la chérir !
Il se lève aussitôt et court à son parterre.
« Je l'ai bien arrosé, » dit-il. « Hélas ! mon fils,
» C'est bien ce que je vois, tes fleurs sont inondées,
» Et sur l'eau, seulement, surnagent quelques lys ;
» Les racines, mon fils, doivent être noyées.

» Étourdi ! là, voyons, tu pleures maintenant ;

» Apaise ton chagrin, va, crois-moi, mon enfant,

» Nous pourrons bien encor tout sauver du naufrage ;

» Mais sois, dorénavant, plus modéré, plus sage ;

» Consulte-moi toujours et rappelle-toi bien

» Que le mieux quelquefois est l'ennemi du bien. »

A 14 ans et demi.

L'ORPHELINE,

ROMANCE POUR LA FÊTE DE MON PÈRE.

Air : *Le Soleil de ma Bretagne.*

Oh ! viens, Marie ! Il fait un si beau temps ,
Tous les oiseaux chantent sous le feuillage ;
Viens t'égayer de leur joyeux ramage,
Et viens sentir le zéphir du printemps.
    « Mais je n'ai plus de père ;
    » Qu'est pour moi cette terre ?
    » Toute ma vie à moi,
    » Mon père, c'était toi !
» Ah ! laisse-moi, va-t-en, douce compagne,
» Je vais aller pleurer sur son tombeau ;
    » Toi, va courir dans la montagne.
    » Hélas ! dans la campagne,
    » Pour moi, plus rien n'est beau ! »

Non, je t'attends ; écoute-moi, Marie,
Mon amitié voudrait tarir tes pleurs ;
Viens, traversons cette belle prairie,
Puis, dans les bois, nous cueillerons des fleurs.
    « Mais j'ai perdu mon père,
    » Je languis sur la terre ;

» Toute ma vie à moi,
» Mon père, c'était toi.
» Ah ! laisse-moi, va-t-en, douce compagne,
» Je vais aller pleurer sur son tombeau ;
» Toi, va courir dans la montagne.
» Pour moi dans la campagne,
» Hélas ! plus rien n'est beau. »

Encore un mot, écoute-moi, Marie,
Prends confiance en ta meilleure amie,
Raconte-moi les chagrins de ton cœur,
Parle, la plainte adoucit la douleur.
« Ah ! j'ai perdu mon père,
» Je languis sur la terre ;
» Mon bonheur, mon appui,
» Tu le sais, c'était lui.
» Je reste seule, hélas ! ma pauvre amie,
» Mais tu sais tout, ah ! laisse-moi gémir ;
» Ma jeune existence est flétrie,
» Je n'aime plus la vie
» Je désire mourir. »

Puis, à ces mots, la triste jeune fille
Pleure, soupire, et s'éloigne à pas lents
Vers le tombeau renfermant sa famille.
Plaignez-la bien , elle n'a que seize ans !
Pour moi j'ai mon bon père
Et je suis bien sur terre,
Car mon bonheur à moi,
Mon bon père, c'est toi.

Aussi, mon Dieu, laissez-moi, je vous prie,
Dans ce grand monde où tout me paraît beau.
A quinze ans s'écoule la vie
Comme, en une prairie,
Un limpide ruisseau.

A 15 ans.

Pour la Fête de mon Père.

Quoique souvent, vive, étourdie,
Moi, je pense aussi quelquefois,
Mon père ! et mon ame ravie
Dans une douce rêverie
Se plaît à s'égarer parfois.

Je réfléchis sur l'existence,
Sur le passé, sur l'avenir,
Et fière de mon espérance,
N'enviant pas l'expérience,
Je dédaigne le souvenir.

Dites du mal de cette terre,
Vous, qui n'avez que le passé ;
Dites qu'on n'y voit que misère,
Et que par la douleur amère
Sans cesse le cœur est froissé.

Ah ! parlez ainsi de la vie,
Je ne vous en croirai pas plus ;
Je sais que souvent on oublie,
Et que toujours on déprécie
Les bonheurs que l'on a perdus.

Je sais que chacun envisage
A sa manière le bonheur ;
L'un passe sa vie en voyage
Et change toujours de rivage
Croyant en trouver un meilleur.

L'autre, en augmentant sa richesse,
Croit qu'il suit le meilleur chemin ;
Il vous parle de son adresse
A s'enrichir, et dit sans cesse :
J'aurai cela de plus demain.

Celui-ci ne rêve que gloire,
Que grands honneurs, ambition ;
Il se croit sûr de sa victoire,
Marche de déboire en déboire,
Et meurt sans illustrer son nom.

Celui-là passe ses journées
A fumer en se promenant;
Le monde occupe ses soirées ;
Il trouve longues les années
Et ne veut que tuer le temps.

Chacun existe à sa manière ;
Mais pour moi, vivre, c'est aimer ;
C'est parce que j'aime mon père,
Parce que je chéris ma mère
Que je dis : Je veux exister.

Si je parais insouciante
Lorsqu'on parle de voyager,
C'est que mon ame tout aimaute,
Vois-tu, mon père, se contente
De te voir et de t'embrasser.

Et cependant je pars joyeuse,
Je pars, sans chagrin, sans effroi ;
Car, aussi, je suis curieuse ;
Et puis-je ne pas être heureuse ?
Vous serez toujours près de moi !

A 15 ans.

LES SOURICEAUX.

Fable.

« Prenez bien garde à vous, mes enfans, marchons vite,
Disait dame souris à ses chers souriceaux,
    Chut ! silence, prenons la fuite,
    Il n'est pas à notre poursuite ;
Il dort, ce vilain chat qui cause tous nos maux ;
Venez, régalons-nous, mangeons de ce fromage ;
Mais marchez doucement, surtout parlez bien bas. »
Alors en trotinant ils s'ouvrent un passage
Au milieu du grenier, sans faire d'embarras.
Les premiers sont sauvés ; ils ont suivi leur mère ;
    Mais le dernier, étant un peu farceur,
      En passant auprès du dormeur,
      Glisse doucement par derrière,
Lui mord la queue et grimpant sur son dos
Se met à rire ; hélas ! le chat s'éveille !
D'un coup de dent, et crac, il a broyé les os
Du pauvre souriceau, puis lui croque une oreille,
Les pattes, tout enfin, et courant aussitôt
Cherche les autres rats : la mère désolée
Appelle ses enfans et se sauve aussitôt.
      Mais dans cette guerre effrénée

Un seul petit échappe et s'enfuit dans son trou,

Et la pauvre souris en sanglotant s'écrie :

« Tu me restes donc seul, oh ! viens, mon petit chou,

Je vais bien veiller sur ta vie.

Ah ! mes pauvres enfans ! je pleure bien leur mort !

Mais pour n'en pas subir une pareille,

Hélas, mon fils, jamais n'éveille

Le chat qui dort. »

A 15 ans.

Stances

SUR UN ENFANT ENDORMI.

Enfant ! comme tu dors d'un sommeil innocent

Sur les genoux de ta mère chérie,

Qui te contemple en te berçant !

Ta bouche pure et si jolie

Semble sourire encore et vouloir bégayer

« Maman ! » Ta main douce et légère

Encore sur son sein semble le caresser,

Et cette mère heureuse et fière

T'admire en souriant : ah ! dis, enfant heureux !

Sais-tu déjà que te voilà sur terre

Ou te crois-tu toujours aux cieux ?

Sais-tu déjà que l'heureuse innocence,
            Cette paix, le plus grand bonheur,
Peut-être hélas ! pendant ton existence,
            Tu les perdras pour ton malheur ?
            Oh ! non, tu vis dans l'ignorance,
Sans autre sentiment qu'un vague souvenir,
            Tu ne lis pas dans l'avenir ;
Tu crois entendre encor la voix de Dieu ton père,
Celle des séraphins, leurs mille chants joyeux.
Ange ! tu ne sais pas que te voilà sur terre,
            Tu te crois encor dans les cieux.

Que vois-tu donc, enfant, dans la grande patrie ?
            Vois-tu le maître des humains,
            Prenant la foudre dans ses mains,
S'apprêter à frapper quelque mortel impie,
Et lancer sur le monde un regard irrité.
            Non, non, je lis sur ton visage,
Tu vois la Vierge douce, au front pur, sans nuage,
Jeter, sur ses enfans, un regard de bonté ;
            Tu la vois, la reine des anges,
            Au milieu de tous les archanges,
            Des martyrs et des bienheureux,
Prier pour les mortels le maître du tonnerre.
Ange ! tu ne sais pas que te voilà sur terre,
            Tu te crois encor dans les cieux !

Enfant ! ah ! puisses-tu, pendant toute ta vie,
Goûter un sommeil calme et doux comme à présent,
Et rêver du Seigneur, des anges, de Marie ;
Peut-être un jour, hélas ! petit être innocent,

Oublieras-tu ton Dieu, cet ami, ce bon père
Qui veille sur nous tous ; alors, adieu bonheur ;
Les vices, les chagrins entreront dans ton cœur.
    Tu diras : la vie est amère.
Mais pourquoi présager des momens malheureux ?
Va ! jouis du présent, ton corps est sur la terre,
    Mais ton ame est encor aux cieux.

Vis donc, enfant ! vis, ton Dieu te l'ordonne ;
Mais il te dit aussi de ne pas l'oublier ;
Je ne crains rien pour toi, car le Seigneur te donne
    Deux guides pour te protéger.
    Entre ton bon ange et ta mère
    Tu seras toujours vertueux.
Heureux enfant ! Dieu t'a mis sur la terre,
    Mais tu retourneras aux cieux.

Cependant un air frais souffle sur ton visage,
Que couvrent tes cheveux agités par le vent ;
Et ta mère te dit : « Le temps est à l'orage,
Mon fils, il faut rentrer, tu dors depuis longtemps. »
Puis collant sur ton front ses lèvres maternelles,
    T'éveillant par un doux baiser,
    Elle sourit, tes gentilles prunelles
Rencontrent son regard ; tu veux la caresser,
Tu tends tes petits bras à cette bonne mère,
Et tu sembles lui dire : oh ! que je suis heureux ;
Ces bonheurs-là ne sont pas de la terre ;
Ma mère, n'est-ce pas, je suis encore aux cieux ?

                              A 15 ans et demi.

Pour la fête de mon Père.

Semblable à la branche tremblante
Qui de l'arbre toujours reçoit son mouvement,
Et dont la tige chancelante
Souffre lorsqu'il est languissant;
Je suis triste quand ton visage,
Mon père, est sombre et soucieux;
Mais quand ton front est sans nuage
Mon cœur est content et joyeux;
Les plus beaux momens de ma vie
Sont ces douces heures du soir,
Où, rieuse, gaie et ravie,
Sur tes genoux je viens m'asseoir.
Je t'embrasse, tu me caresses,
Passant tes doigts dans mes cheveux,
Sur ton cœur longtemps tu me presses,
Je vois du bonheur dans tes yeux;
Alors combien je suis heureuse!
Mon cœur tressaille de plaisir,
Ta gaieté m'est si précieuse,
Moi je sais si bien te chérir!
Mais, hélas! quelquefois, mon père,
Je te vois pensif et rêveur;
Dieu pourtant t'a donné sur terre
Une grande part de bonheur.

Tu dois beaucoup aimer la vie,
Elle est si chère à ton enfant!
Puisque tu m'aimes, je t'en prie,
Sois toujours heureux et content.

C'est ta fête aujourd'hui, mon père,
Je n'ai pas de fleur à t'offrir,
Mais je t'adresse une prière ;
Ah! tu m'excuseras, j'espère,
Et tu voudras bien me bénir ;

Pour faire plaisir à ta fille
Tu seras bien gai tous les jours,
Et dans ton heureuse famille,
Le bonheur régnera toujours.

A 16 ans.

Pour la Fête de ma Mère,

EN LUI DONNANT NOS PORTRAITS.

Regarde bien, ma bonne mère,
Pour toi ma main novice est téméraire ;
Ah ! j'ai bien travaillé pour mettre sous tes yeux
Notre portrait à tous les deux.

J'ai voulu le faire moi-même,
Pardonne à ta fille qui t'aime ;
Car vois-tu , j'ai fait de mon mieux
Notre portrait à tous les deux.

Ne pleure pas , ma bonne mère,
C'est ta fête, soyons heureux ;
Je le sais, il y manque une troupe bien chère ;
Mais tes enfans sont là tous deux.

Nous voulons que toute ta vie
Passe au milieu de jours heureux ,
Et pour pouvoir remplir cette tâche chérie,
Nous nous unissons tous les deux.

Aujourd'hui ton fils et ta fille
T'apportent leur bouquet, bien gais et bien heureux ;
Mère, souris à ta famille,
Puis embrasse-nous tous les deux.

A 16 ans.

COMPLIMENT

DE PAUL POUR SA MÈRE.

LE PLAISIR ET LE BONHEUR.

Le plaisir, ma mère, au collége,
C'est notre récréation;
On joue avec tant d'action !
Le maître est là qui vous protége;
Mais le bonheur, c'est d'avoir au concours
De beaux prix de latin, d'histoire, de grammaire,
Et de les déposer aux genoux de sa mère,
En disant : C'est pour toi que j'appris tous les jours.

Puis, plus tard, pendant les vacances,
J'ai de bien autres jouissances ;
Mon plaisir, c'est, dans le jardin,
Sur un âne, d'aller grand train;
De n'avoir autre chose à faire
Que rire et m'amuser toujours.
Mon bonheur, c'est d'avoir ma mère,
Et de l'embrasser tous les jours.

Maintenant, je fais un voyage
Très curieux pour un enfant;
Aussi combien je suis content !
Mon grand plaisir, ici, c'est d'aller sur la plage;

Mais mon bonheur de tous les jours,
C'est d'entendre dire à ma mère :
Je dois me consoler ; sur la terre étrangère,
Mes enfans, je vous ai toujours.

Semblable à la rose éphémère,
Mon plaisir s'enfuira peut-être un de ces jours ;
Mais tu me resteras, ma mère,
Mon bonheur, je l'aurai toujours.

A 16 ans.

A ma Mère pour sa Fête.

C'est à toi que je dois mon heureuse existence,
C'est toi qui protégeas ma délicate enfance,
    Et qui, depuis mes premiers ans,
    As guidé mes pas chancelans ;
C'est toi qui, comme un ange, as veillé sur ma vie,
Et qui rendis si beaux et si rians mes jours,
En m'entourant de soins ; ô ma mère chérie,
    Sois près de moi toujours.

Toute petite, enfant, quand je marchais à peine,
    C'est toi qui me prêtais ton bras.
Dormais-je ? toujours là, retenant ton haleine,
    Près de moi tu priais tout bas ;
Si de quelque douleur je me sentais saisie,
De mes larmes bientôt tu suspendais le cours
Par un tendre baiser ; ô ma mère chérie,
    Console-moi toujours.

Quand j'atteignis ce jour où l'on commence à vivre,
Ce beau jour, à la fois et si grand et si doux,
Où le cœur innocent de son bonheur s'enivre,
J'accourus, toute blanche, embrasser tes genoux.

En priant le Seigneur, alors, tu m'as bénie ;
Je partis aussitôt, fière de ton secours.
Tu me suivais des yeux, mère tendre et chérie !
      Ah ! bénis-moi toujours !

Maintenant, dans le monde, encor un peu sauvage,
      Je m'intimide quelquefois ;
Mais si, dans ce moment, j'aperçois ton visage,
      Si j'entends le son de ta voix,
Je relève la tête et ma peine est finie ;
Que deviendrais-je donc, hélas ! sans ton secours ?
Toi seule es mon soutien ; ô ma mère chérie
      Reste avec moi toujours.

Je le sens, un enfant qui possède sa mère
Doit rendre, à chaque instant, graces à l'Éternel ;
Car cet ange, en passant avec nous sur la terre,
Par un chemin de fleurs sait nous conduire au ciel ;
Quelquefois, je le sais, par mes soins je t'ennuie,
      Je t'importune certains jours ;
Pardon, c'est que je veux, ô ma mère chérie,
      Te conserver toujours.

A 16 ans.

MON RÉVEIL A NICE.

Après avoir dormi d'un paisible sommeil,
J'entends un vague bruit, mes paupières s'entr'ouvrent,
J'aperçois le beau ciel, la mer à mon réveil,
La mer d'un bleu d'azur, les vaisseaux qui la couvrent,
Glissant sur sa surface, et le brillant soleil,
　　Qui, sur les flots, répandant sa lumière,
Les ceint à l'horizon d'un liseré d'argent,
Qui d'abord, très étroit, bientôt s'élargissant,
　　　　Couvre enfin la mer tout entière.
Voilà ce que je vois, en entr'ouvrant les yeux,
Je m'assieds sur mon lit, j'admire la puissance.
De l'être qui créa ce globe lumineux,
Cet air d'un bleu si pur ;.cette eau qui se nuance,
Selon le gré du ciel, de toutes les couleurs,
Reçoit fidèlement les plus faibles lueurs,
　　　　Et dont la vague transparente,
Tantôt calme et d'azur, tantôt éblouissante,
Sans jamais se lasser, se balance toujours;
Avec un grand bonheur je te vois tous les jours,
O mer ! je t'aime bien, j'aime beaucoup entendre,
Le soir, en m'endormant, ton sourd mugissement,
　　　　Ce bruit mélancolique et tendre,
　　　　Qui me berce tout doucement,

Même quand déjà je sommeille,

Et le matin, quand je m'éveille,

J'aime à te voir, grand lac d'azur !

A voir ton humide rivage,

Ainsi que les oiseaux qui volent sur ta plage,

Se détachant sur le ciel pur ;

J'aime à voir cette blanche voile

Qui du port commence à sortir ;

Moi, je m'élance aussi, croyant à mon étoile,

Vers un océan d'avenir ;

Ah ! glisse, frêle esquif, saute, bondis et danse,

Par le vent laisse-toi chasser,

Marche sans t'effrayer de cette mer immense,

Que tu dois traverser ;

Regarde, elle est tranquille, elle est belle et riante,

Va, le soleil t'éclairera !

Moi, comme toi, je pars, et je pars confiante,

L'Éternel me protègera.

Comme une mer d'azur, devant moi, l'existence

Se déroule, et je vois ma route avec bonheur,

Car je pars avec l'espérance,

Le pilote du voyageur.

A 16 ans.

Typographie de Félix Malteste et Cie, rue des Deux-Portes-Saint-Sauveur , 18.

9 782019 245856